Et toi, quand est-ce que tu t'y mets ?

Véronique Cazot - Madeleine Martin

Et toi, quand est-ce que tu t'y mets ?

1. Celle qui ne voulait pas d'enfant

Fluide•G

Jeanne, 35 ans
Photographe free-lance
Heureuse en couple avec Jeff depuis 8 ans
Aime sa vie mais rêve d'un monde meilleur...
Signe très particulier pour un être humain de sexe féminin : ne veut pas d'enfant

LA QUESTION
Et toi Jeanne quand est-ce que tu t'y mets ?
Quand le monde sera sans guerre, sans faim, sans pédophilie, sans chômage, sans terrorisme, sans vidéo-surveillance...
... sans machos, sans armes, sans cons, sans tourisme sexuel, sans frontières, sans tsunami, sans accidents de voiture, sans violence ...
... sans SDF, sans MST, sans CO2, sans pesticides, sans cancer, sans douleur, sans Alzheimer, sans cholestérol, sans régimes, sans botox, sans paraben, sans sucres ajoutés ...
... alors je réfléchirai à la question !

LE RAPPORT AVEC LA CHOUCROUTE

MA MEILLEURE AMIE

UN DIMANCHE PLUVIEUX

UN CHOIX DÉFINITIF

LES PRIORITÉS
PRIORITÉ À DROITE AUX FEMMES ENCEINTES
PRIORITÉ À GAUCHE AUX POUSSETTES
Vous êtes encore en retard !
Désolée, vous savez ce que c'est, quand on n'a pas d'enfant...
!?

LES PETITS CHEFS

UN POSTE À HAUTE RESPONSABILITÉ

LE PIQUE-NIQUE

LE MEETING VERT

UN WEEK-END EN FAMILLE

Vous formez une si belle famille tous les quatre !
Et toi alors, c'est quand que tu te décides à faire un petit à ma sœur ?
Eh ! Je te rappelle que Jeanne n'en veut pas plus que moi !
Tu parles ! Si tu insistais un peu et que tu la rassurais, je suis sûr qu'elle changerait d'avis !
Tu crois ?
Évidemment ! C'est une fille comme les autres ! Il y a la théorie et la pratique !
Je ne suis pas sûr !
Mais si ! Regarde, ses grands discours sur la société de consommation, ben ça ne l'empêche pas d'être une fashion victime !
!?
Regarde Papa, Tati Jeanne m'a acheté plein de nouvelles robes !
De quoi vous parlez ?
Tiens ! Qu'est-ce que je te disais !? Toutes les mêmes !
?
Oh rien, on disait que tu étais unique !
En théorie !

LA FEMME ACCOMPLIE
Je suis tellement comblée !
Tu sais, c'est vrai ce qu'on dit: on n'est pas complètement femme tant qu'on n'a pas connu ça !
C'est sympa pour moi !
Et celles qui ne peuvent pas en avoir, elles ne servent à rien ??
Mais non! C'est juste triste de manquer ça !
Surtout quand on peut !
Triste pour toi, mais pas forcément pour tout le monde !
À t'entendre une femme est réduite à son rôle de mère !
Mais non, mais... rhôô, tu ne peux pas comprendre !
Si toutes les mères étaient épanouies, ça se saurait, non ?
Faire croire que le bonheur passe forcément par la case maternité, c'est comme ces filles dans les magazines: de la publicité mensongère !
Ne pleure pas mon bébé, Jeanne s'énerve parce qu'elle se ment à elle-même.
Elle changera d'avis, comme tout le monde !
WOUIN !!!

L'OUBLI
C'est pas vrai!!!
J'ai oublié de prendre Juliette pendant deux jours !
Juliette !?
Ma pilule !!
T'inquiète pas, je suis sûr que t'es pas enceinte !
Ne dis pas ce mot, ça va nous porter la poisse !
Remarque, c'est peut-être l'occasion de changer d'avis...
?!
Quand je vois ton frère, je me dis que nous aussi on pourrait être heureux avec un enfant...
PLOP
PLOP
Je suis sûr qu'on serait de très bons parents...
IIK!
Jeanne !! On peut en parler quand même !!!

LE DOUTE

On a toujours été d'accord là-dessus !
C'est même pour ça qu'on s'entend si bien !
C'est juste un doute. Ça ne t'arrive jamais de douter, à toi ?
À deux, on est plus forts face aux attaques !
Comment je vais faire si tu t'y mets toi aussi ?
Jeanne, je ne suis pas contre toi !
Je ne veux pas qu'on ait de regrets, c'est tout !
Tu voulais rester libre, tu détestes les contraintes !
Je veux juste qu'on y réfléchisse à nouveau.
Et puis, c'est toi qui as oublié ta pilule ! Si c'était un acte manqué ?
...
...

LE SQUATTEUR

LA SURPOPULATION

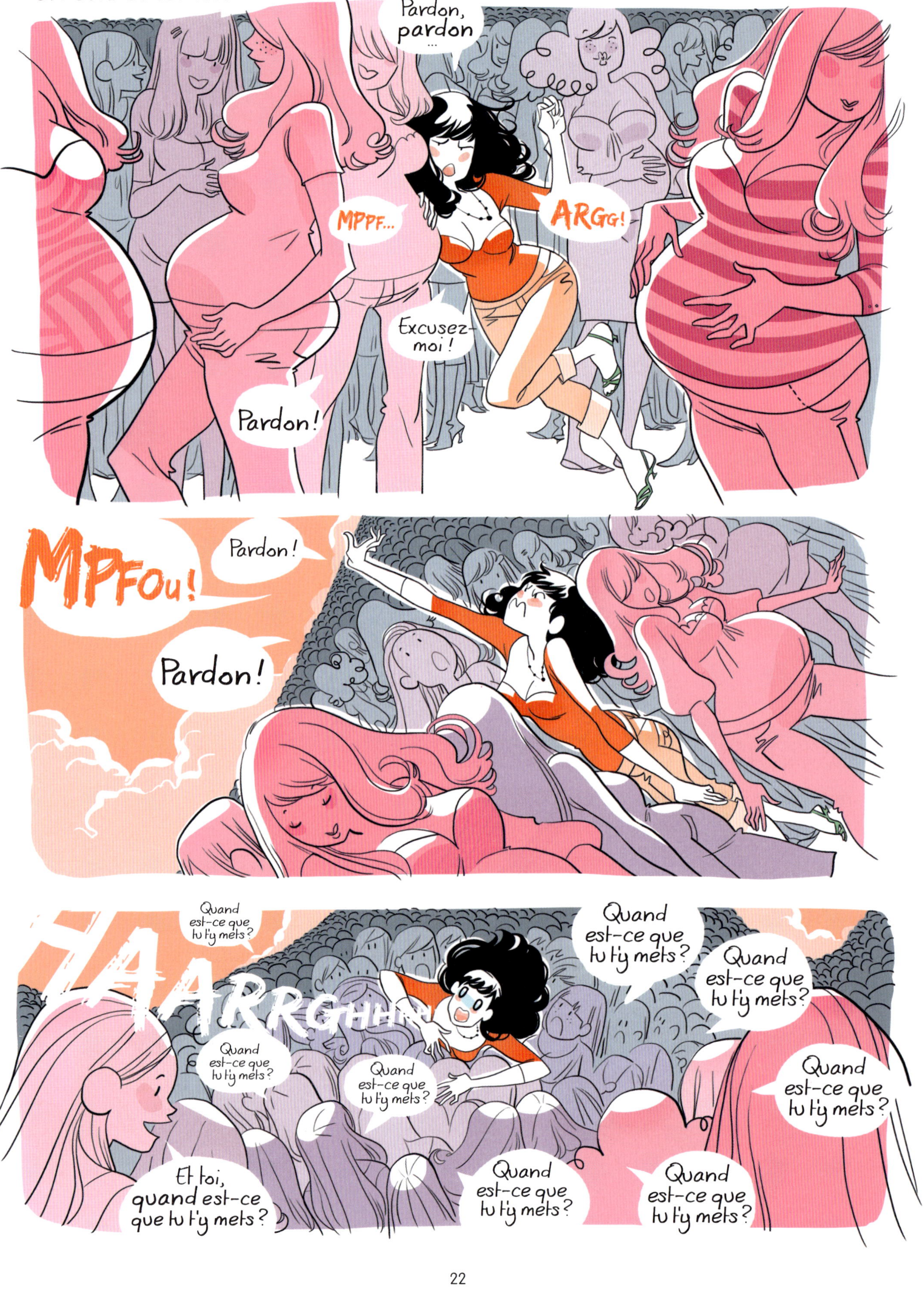

LES MONOLOGUES DE L'UTÉRUS

LA PROPAGANDE

LE BUZZ

C'est une épidémie !
!?
Tu ne crois pas que tu exagères ?
C'est pas une maladie contagieuse, c'est juste le truc le plus naturel du monde !
T'as raison, ce n'est pas une maladie, c'est juste un truc à la mode, le truc que seuls les nazes n'ont pas encore !
C'est juste le plus gros buzz du monde !
C'est ça ! Faire un enfant, c'est Facebook et l'iPhone réunis !

LA SURVIE DE L'ESPÈCE

FASHION VICTIME
Lundi
Jeudi
Mercredi
Mince alors ! J'ai encore oublié mon sac !
Mardi
Vendredi
Lundi
Oh zut ! J'ai encore oublié ma fille !

LE RETARD

C'est pas possible !
Qu'est-ce qu'il y a ?!
Je n'ai toujours pas mes règles !!
Tu devrais faire un test.
Un test? Tu crois que ça les fera venir plus vite? Pourquoi pas un sudoku pendant que t'y es?!
JEUX
FLUIDE
CELLE
BIBU
Voila
...
Un test de grossesse, Jeanne !
Un test de grossesse !! Pour trois malheureux jours de retard ?! Tu veux vraiment me porter la poisse ?!

L'ACCOUCHEMENT
HARG!
C'est bien Jeanne, Pousse encore !
Je vais vous faire la péridurale !
AHRG!
Ne bougez pas !
GHNN!
Je vais vous faire une épisiotomie !
GNI?
NON!
CLIC
CLIC
CLIC
CLIC
HHRG!
Je vois la tête ! Poussez !
PSHH!
OUIN
Boucherie Jeanne
100% d'origine française
C'est un beau garçon !
Vous voulez couper le cordon ?
GASP!
Euh, non merci !
On va passer à la couture !

LES PENSÉES QUI TUENT

LE DÎNER EN TÊTE À TÊTE

LES AVANTAGES
Je vois bien que ça le travaille. Et s'il en voulait vraiment un ?
T'inquiète pas, peut-être qu'il fait juste sa crise de la **quarantaine** !
Et puis tu te poses trop de questions ! C'est super d'être mère !
Tu peux...
GLA !
Ne plus te préoccuper du monde parce que tu t'occupes du tien...
REU !
Ne plus bosser "pour le bien du petit"...
GA !
Faire croire que tu as renoncé à des projets super importants que tu n'aurais jamais eu le courage de réaliser...
Fini les prises de tête à te demander ce que tu vas faire de ta vie !
PFRRLL
Et puis regarde-le, n'est-il pas absolument adorable ?

MÊME HITLER A PORTÉ DES COUCHES...

LE WINNER

WOUIN !!!
C'est pas l'heure Célestin !!
On parie ?
Pfff...
Ça marche à tous les coups !
PFRRL...
Ramasse !
Célestin, c'est la dernière fois que je ramasse !
On parie ?
NYAAROUIN !!
Venez me chercher !!
La prochaine fois on le laisse pleurer !
GA !
On parie ?
Je dépose Célestin chez sa nounou et à nous la journée shopping entre filles !
GA !
On parie ?

LE CANNIBALE

LE RETOUR DU FUTUR

LE DÉPART

!?
Tu t'en vas ?
Un remplacement de dernière minute, en Normandie.
Je me suis dit que ça pourrait me faire du bien.
De prendre un peu le grand air ?
Oui, et un peu de recul aussi...
Pour réfléchir.

SORTIE D'ISOLEMENT
Croyez-moi, même les pires problèmes ont leur solution !
C'est gentil, mais je crois qu'il s'agit là d'une... maladie orpheline !
Maria, spécialiste des cas désespérés, et vous ?
Vous vous trompez Jeanne, vous n'êtes pas un cas isolé. Seulement, la plupart des femmes gardent ça pour elles.
Les femmes qui maltraitent leurs enfants sont plus respectées que celles qui n'en veulent pas !
La maternité c'est sacré, et quand une femme la refuse, les gens ne comprennent pas !
Et croyez-moi ça ne sert à rien d'essayer de les convaincre !
Vous aussi vous êtes une "femme sans" ?
Je n'ai pas d'enfant, mais je ne dirais pas que je suis une femme "sans"... il ne me manque rien !
Maria, j'ai envie de vous embrasser !
HA HA HA HA
C'est comme rencontrer quelqu'un de son village dans un pays étranger !

LE DUEL

Tu passes à côté d'un grand bonheur !
Je m'épargne aussi beaucoup d'angoisses...
Tout cet amour que tu donnes et que tu reçois au centuple ! Tu veux vraiment renoncer à ça ?
Je préfère ouvrir mon cœur au monde plutôt que laisser toute la place à un seul être...
Et si tu regrettes dans 30 ans, tu feras moins ta maligne ?!
Je ne peux pas faire quelque chose contre mon gré aujourd'hui sous peine de peut-être le regretter demain...
Égoïste !
Égoïste...
Si tu voulais vraiment me convaincre, tu l'aurais fait depuis longtemps...
Pff, c'est bon tu as gagné...

LE FORUM
Googlo
ne pas vouloir d'enfant
Recherche "Ne pas vouloir d'enfant"...
TAP TAP
!?
Childfree
Le forum de ceux qui ont choisi une vie sans enfant
Bienvenue !
Mag 43
Se préoccuper 24h/24 d´un petit être qui ne dépend que de toi et qui n´a pas d´autre choix que celui de te faire confiance c´était au dessus de mes forces.
On me dit que je suis immature. Moi ce que je trouve immature, c'est de faire des enfants sans réfléchir à tout ce que cela implique.
Cathy 36
Quand j'étais petite, c'était la fierté de ma mère de dire qu'elle se sacrifiait pour nous.
Du coup, j'ai toujours culpabilisé d'avoir volé la vie de ma mère. Parce qu'un sacrifice ne rend jamais personne heureux.
Lewis 37
Les médias nous terrorisent avec des informations toujours plus catastrophiques et pessimistes sur l'avenir.
Comment peuvent-ils en même temps nous juger sur notre réticence à faire naître un gosse dans un tel monde ?
Juliette 39
Enfant, j'avais peur de mes parents. Je n'avais pas le droit de m'exprimer. Pour moi, l'enfance est une prison, une longue attente avant d'être enfin libre et d'exister, tout simplement.
Je n'ai pas envie de faire vivre ça à mon enfant, ni de revivre mon enfance à travers lui. Je ne veux ni être enfant, ni être mère, je veux juste être une femme.
Myriam 28
Pourquoi on doit toujours se justifier ? On leur demande à ceux qui en font pourquoi ils le font ?
On nous traite d'égoïstes alors que les motivations des parents ne sont pas souvent très reluisantes. On nous juge, alors qu'on devrait nous féliciter d'être si responsables de nos actes.

Mamzelle zaza 33

Je suis stérile et je réalise à quel point j'ai de la chance en lisant vos témoignages.

Tout le monde me fiche la paix et admire ma force de caractère. J'ai un peu honte de l'avouer, mais je prends cette stérilité comme un cadeau que mon corps m'a fait.

Happy-Childfree 37

Pour moi, faire un enfant c'est la mort de notre vie d'individu. On n'est plus jamais UN, on pense forcément DEUX, et souvent plus à l'enfant qu'à soi.

Quand bien même on abandonnerait cet enfant, on y penserait quand même jusqu'à la fin de nos jours. Je n'ai pas du tout envie de faire ce choix si vertigineusement irréversible.

Inès 59

Quand je dis que je n'ai pas d'enfant à des gens qui ne me connaissent pas, ils me regardent avec tristesse et pitié. "La pauvre" pensent-ils. Ne voient-ils pas à travers mon sourire tous mes voyages, mes rencontres, mes découvertes?

Tandis qu'ils attendent un signe de leur descendance, je ne m'ennuie pas une seule seconde.

Cool-Max 38

Moi, j'ai juste envie d'être libre. Les contraintes, les dîners à heure fixe, les vacances au mois d'août, c'est pas pour moi.

Avec un enfant, forcément, on ne fait pas toujours ce qu'on veut. Je pourrais en faire un et laisser mon amie s'occuper de tout, mais je ne serais pas le pire des pères et le pire des mecs dans ce cas ?

Pyt 36

Je préfère l'amitié à la famille, la culture à l'éducation, la création à la procréation.

A vous je peux le dire, il me semble parfois que les enfants sont les oeuvres des artistes en manque d'imagination.

Lulu 32

Je ne veux pas d'enfant et je suis célibataire. C'est bizarre, beaucoup d'hommes fuient les filles qui veulent s'engager et fonder une famille, mais ils ont encore plus peur des femmes comme moi.

Je crois que l'idéal pour eux, ce serait de ne pas faire d'enfant avec une femme qui rêverait d'être mère ;-)

LE CAUCHEMAR DE JEFF
ZZZ
MONOSPACE
MONOSPACE
MONOSPACE
BÉBÉ
BÉBÉ
BÉBÉ
BÉBÉ
BÉBÉ
MONOSPACE
BÉBÉ
BÉBÉ
BÉBÉ
MONOSPACE
MONOSPACE
MONOSPACE
MONOSPACE
BÉBÉ
MONOSPACE
MONOSPACE
BÉBÉ
BÉBÉ
BÉBÉ
AAAAHH

EN TERRITOIRE AMI
Toi, tu n'as jamais hésité ?
Une seule fois ! J'étais jeune et follement amoureuse. Les deux seuls éléments capables de me faire commettre une telle folie !
Et alors, qu'est-ce qu'il s'est passé ?
L'amour est parti et j'ai retrouvé la raison. J'ai aimé d'autres hommes, mais mon désir d'enfant n'est jamais revenu.
J'ai commencé à chercher un sens à ma vie, et être mère n'en faisait pas partie.
Et puis j'ai rencontré mon mari. Lui non plus ne voulait pas d'enfant, au grand désespoir de sa mère !
Ça n'a pas dû être facile à ton époque !
Ah ça, on me l'a fait payer !
Mais c'est encore plus dur aujourd'hui... J'ai passé mes jeunes années en plein dans l'arrivée de la pilule puis de la loi Veil sur l'avortement.
La liberté des femmes sous toutes ses formes avait quelque chose d'héroïque à cette époque.
Tu n'as jamais regretté ?
Aucun choix n'est idéal. Mais je sais que la vie que j'ai choisie est celle qui me correspond le mieux. À partir de là, je ne peux rien regretter.
Alléluia

L'ÂGE DE RAISON
J'aimerais vous prendre en photo?!
Une vieille pomme fripée comme moi ?
C'est pour le musée d'histoire naturelle?
AH AH AH AH
Moi je vous trouve très belle!
CLIC
La vie passe tellement vite ! Profitez d'elle comme vous l'entendez, Jeanne.

LE RETOUR DE JEFF
Il faut qu'on parle !
J'ai eu un vrai coup de foudre ! Elle n'est pas magnifique ?
C'est à peine à une heure de Paris, dans un super petit village...
!?
On pourrait la retaper le week-end, et s'y installer dans un ou deux ans ?
Tu veux dire, tous les deux ?
Évidemment tous les deux !
Mais non, ne pleure pas Jeanne !!
BOUHOU HOU

MISE AU POINT
Je ne veux pas d'enfant, Jeff.
Je ne veux pas n'avoir plus qu'un sujet de conversation avec toi.
Je ne veux pas m'engueuler avec toi pour son éducation...
...pour ton manque d'implication, ou parce qu'on n'a plus de temps l'un pour l'autre.
Je ne veux pas prendre la nounou pour une psychopathe ni soupçonner le voisin de pédophilie.
Je ne veux pas m'angoisser pour son avenir, son métier, sa santé et ne plus m'occuper de mon propre épanouissement.
Je ne veux pas devenir cette femme-là.
Et moi, je préfère mille fois ne pas faire d'enfant avec toi, qu'en avoir avec une autre.
On est heureux tous les deux, pourquoi changer ça ?

ANTISOCIAL !
Quel exemple vous montrez aux enfants ?!
Vous irez en enfer !!
Vous n'avez pas le droit de vous amuser pendant que nous on trime !
Revenez ! C'est un ordre !
Qui va payer pour nos retraites ??!
Emmenez-moi ! Me laissez pas tout seul !!
C'est la porte ouverte à toutes les fenêtres !
Et mes statistiques ?!
C'est votre devoir de citoyen !
C'est tellement horriible !
Quel gâchis de sperme et d'ovules !

ÇA SE FÊTE ...

LES BONNES RÉSOLUTIONS

LES PHOTOS DE L'ANNÉE
J'ai fini mon album 2010 !
Ah montre-moi, j'adore les photos !
2010
2010

Et toi, tu veux voir mon album de l'année ?
Avec plaisir !
2010

L'AVEU

Je remercie Pierre-Yves, mon alter ego. Mady, pour avoir donné corps au bébé. Anaïs, pour l'avoir fait naître. Vero J. pour la petite impulsion. Mes sœurs pour leurs encouragements. Mes parents pour leur soutien. Mes amis, pour l'inspiration... et l'ouverture d'esprit !

Et bien sûr le Dr Gregory Pincus, pour l'invention de la pilule en 1956.

Véronique Cazot

Je dédicace cet album à celles qui ne veulent pas d'enfant , celles qui en veulent mais qui en ont marre qu'on leur demande tout le temps « et toi quand est-ce que tu t'y mets ? », celles qui ne peuvent pas en avoir, celles qui n'en ont plus, celles qui sont indécises, celles dont le mec hésite, celles que ça angoisse et toutes les autres. J'espère que chacune trouvera une part d'elle-même à travers cette histoire.

Je remercie sincèrement et amoureusement tous les gens qui ont porté, enfanté, soutenu, conseillé, cru en et croiront en cet album.

Madeleine Martin

Éditions Audie-Fluide Glacial, 87 quai Panhard et Levassor, 75647 Paris cedex 13.
Imprimé et relié par PPO, France. Dépôt légal mars 2011. Première édition.
Diffusion France et étranger : Flammarion. **www.fluidepointg.com**